AF324585

31 Mai 1907

VENTE POUR CAUSE DE DÉPART

BEAU

MOBILIER ARTISTIQUE

DE

Styles Renaissance et XVIIIᵉ siècle

D'EYMONAUD, JANSEN, LINKE, MAJORELLE, MERCIER ET ROUSSEAU

BRONZES, SCULPTURES

ARGENTERIE DE TALLOIS ET MAYENCE

TABLEAUX, TENTURES, TAPIS D'ORIENT

Appartenant à Mᵐᵉ V. H...

Mᵉ F. LAIR DUBREUIL
COMMISSAIRE-PRISEUR
6 — rue Favart — 6

M. ARTHUR BLOCHE
EXPERT PRÈS LA COUR D'APPEL
52, rue de Châteaudun, 52

IMPRIMERIE ARTISTIQUE
C. CHIVIOT
RUE MILTON 18-20
PARIS

CATALOGUE

DU

BEAU MOBILIER ARTISTIQUE

Styles Renaissance et XVIIIᵉ siècle

D'EYMONAUD, JANSEN, LINKE, MAJORELLE, MERCIER ET ROUSSEAU

Salon en tapisserie d'Aubusson Louis XVI

PIANO A QUEUE D'ÉRARD

MEUBLES EN BOIS DE LUXE ORNÉS DE BRONZES CISELÉS ET DORÉS

SCULPTURES, BRONZES D'ART ET D'AMEUBLEMENT

DE J. COUTAN, MÈNE, JULES CHÉRET

Editions de Gagneau, Pinédo, Susse et Thiébaut

PORCELAINES, FAÏENCES

Argenterie de table de Tallois et Mayence

OBJETS DE VITRINE --- ARGENTERIE ANCIENNE

TABLEAUX — PASTELS — GRAVURES

Riches tentures, Tapis de Smyrne et de Perse

Appartenant à Madame V. H...

et dont la vente aura lieu pour cause de départ

HOTEL DROUOT — SALLE Nº 1

Le Vendredi 31 Mai et Samedi 1ᵉʳ Juin 1907

A 2 HEURES

Mᵉ F. LAIR DUBREUIL	M. ARTHUR BLOCHE
COMMISSAIRE-PRISEUR	EXPERT PRÈS LA COUR D'APPEL
6 — rue Favart — 6	52, rue de Châteaudun, 52

Chez lesquels se distribue le présent catalogue

EXPOSITION PUBLIQUE

Le Jeudi 30 Mai 1907, de deux heures à six heures

CONDITIONS DE LA VENTE

La vente sera faite au comptant.

Les acquéreurs paieront *dix pour cent* en sus des enchères.

L'exposition mettant le public à même de se rendre compte de l'état de
objets aucune réclamation ne sera admise aussitôt l'adjudication prononcée.

DÉSIGNATION

MOBILIER

1 — AMEUBLEMENT DE SALON composé d'un canapé-corbeille et quatre fauteuils en bois sculpté et doré, couvert en fine tapisserie d'Aubusson représentant des vases de fleurs enrubannés au milieu de rinceaux sur fond blanc à guirlandes de fleurs et contrefond bleu pâle. Style Louis XVI. Travail de LINKE.

2 — BERGÈRE en bois sculpté et doré, dessin à rubans enroulés et feuilles d'acanthe, dossier à caisson et à oreillons, couverte en soie vert pâle rayée blanc et brochée à guirlandes de fleurs. Style Louis XVI. De GUÉRIN.

3 — CHAISE en bois sculpté et doré, dossier forme lyre, couverte en tapisserie au point, fond crème à médaillon oiseaux, fleurs et cornes d'abondance. Style Louis XVI.

4 — PARAVENT-TRIPTYQUE en bois de noyer sculpté, dessin à rocailles avec panneaux en satin rose brodé au passé à trophées de musique, corbeilles fleuries suspendues par des nœuds de rubans au milieu de guirlandes de fleurs et de rinceaux.

5 — PIANO à queue d'Erard en bois de citronnier quadrillé, garni de bronzes ciselés et dorés de style Louis XVI, n° 74842.

6 — TABOURET de piano en bois sculpté et doré, couvert en velours dit de Gênes à petits dessins verts sur fond blanc. Style Louis XVI.

7 — PETIT SECRÉTAIRE en bois rose et d'amarante satiné à quatre faces, garni de bronzes ciselés et dorés, à guirlandes de fleurs, consoles et encadrements de perlé, dessus en marbre granité d'Orient avec galerie de bronze, style Louis XVI. De GEORGES PASSERAT.

8 — GRAND CHIFFONNIER à six tiroirs en bois de violette quadrillé et marqueterie richement garni de bronzes ciselés et dorés, dessus en marbre brèche d'Alep. Style XVIIIᵉ siècle.

9 — VITRINE ouvrant à une porte de forme cintrée, en bois sculpté et doré à rocailles, décor genre vernis Martin vert d'eau à fleurs avec fronton représentant une scène galante dans un parc, inspirée de Boucher. Style Louis XV. De MAJORELLE.

10 — BAHUT de forme cintrée en bois de rose et marqueterie richement garni de bronzes ciselés et dorés. Il ouvre à une porte avec panneau genre vernis Martin, fond d'or représentant la Partie de musique, inspirée de Watteau; dessus en marbre brèche d'Egypte. Style Louis XV. De JANSEN.

10 *bis* — PARAVENT triptyque en bois de noyer, modèle à rocailles, garni de lampas de soie mordorée à bouquets de fleurs et festons, le haut en glaces. Style Louis XV, de JANSEN.

11 — SUPPORT-SERVANTE en bois d'acajou à quatre pieds reliés par un croisillon dômé garni de bronzes ciselés et dorés, bandeau à rinceaux et bouquets d'acanthe, sabots pieds de biches feuillagés, dessus en marbre-onyx d'Orient. Style Louis XVI. De JANSEN.

12 — TABLE A OUVRAGE chiffonnière dite Pompadour en bois de palissandre, décor genre vernis Martin fond lilas à sujet : les amours à la tortue, bouquets de fleurs et rubans, garnie de bronzes ciselés et dorés. Style Louis XV. De MAJORELLE.

13 — TABLE A JEU en acajou quadrillé, garnie de bronzes ciselés et dorés, rosaces feuillagées et pointes d'asperges, renfermant différents jeux : roulette, damier, échiquier et tric-trac. Style Louis XVI. De DAGER frères.

14 — CASIER à musique recouvert en panne verte, côtés en forme de lyres.

15 — AMEUBLEMENT de petit salon composé d'un canapé, deux fauteuils et deux chaises en bois sculpté peint en blanc forme à contours fleuris foncé de canne, avec coussins et têtières en soie mauve, brochée à bouquets et festons de fleurs. Style Louis XV. Travail de MERCIER.

16 — PETITE banquette en bois sculpté peint en blanc, dessin à rubans enroulés, foncée de canne, avec dessus en étoffe jaune brochée de simili guipure. Style Louis XVI. Travail de MERCIER.

17 — BUREAU de dame forme à contours en bois sculpté peint en blanc, dessin à gerbes fleuries, garni de bronzes ciselés et dorés avec appliques à deux lumières sur les côtés. Style Louis XV. Travail de ROUSSEAU.

18 — PETITE table ovale en bois sculpté peint en blanc dessus en marbre rouge veiné. Style Louis XV. Travail de MERCIER.

19 — TABLE pliante peinte en blanc, dessus vannerie.

20 — CASIER à musique peint en blanc.

21 — BIBLIOTHÈQUE en bois sculpté peint en blanc, ouvrant à deux portes garnies de petits carreaux. Style Louis XV. Travail de MERCIER.

22 — PETITE banquette bois sculpté peint en blanc, dessus à fleurs, foncée de canne, coussin jaune broché simili guipure. Travail de MERCIER.

23 — GRAND meuble formant dressoir-crédence d'aspect architectural en bois de noyer finement sculpté ouvrant à trois portes, le haut à voussure supportée par des colonnettes, avec cariatides de sphinx de chaque côté en retrait et comme décor en haut-relief et en bas-relief, il offre de délicates compositions décoratives inspirées de JEAN GOUJON. Style Renaissance. Travail de JANSEN.

24 — TABLE ovale en bois de noyer sculpté, piétement à colonnettes cannelées. Style Renaissance, de JANSEN.

25 — ARGENTIER ou vitrine en bois de noyer sculpté ouvrant dans le bas à portes pleines, décor à écussons accostés de chimères et autres fines compositions inspirées des cartons de JEAN GOUJON, le haut tout en glaces montées sous des arceaux en bois sculpté. Style Renaissance. Travail de MERCIER.

26 — Six chaises en noyer sculpté, dossiers ornés de figures mythologiques assises symbolisant les Arts et les Sciences, gaînées de velours, à petits dessins verts sur fond mordoré, garnies de franges, avec coussins en velours jaspé vieux vert. Style Renaissance. Travail d'Eymonaud.

27 — Fauteuil de châtelaine en bois de noyer finement sculpté, dossier partie à jour offrant des enfants, des sirènes, mascarons et ornements, supports d'accotoirs à figures de guerriers assis ; dessus en velours vieux vert jaspé, dossier en application Renaissance, avec franges assorties. Travail d'Eymonaud.

28 — Grand fauteuil en velours dit de Gênes fond mordoré, dessin vert à grands ramages, bois de noyer garni de franges. Style Louis XIII. Travail de Mercier.

29 — Grand fauteuil en bois sculpté avec coussin et dossier en ancienne tapisserie au petit point représentant sous des motifs décoratifs une corbeille de fleurs, une mitre, une crosse d'évêque et un cœur percé de traits. Epoque Louis XIII.

30 — Petit fauteuil forme corbeille en bois de noyer sculpté, dessus en soierie crême brochée à fleurs. Style fin Louis XVI.

31 — Petite table servante à étagère en chêne sculpté. Style Louis XIII.

32 — Deux petites consoles d'applique en bois sculpté, têtes de personnages ailés, enroulement et fruits. Style Renaissance.

33 — Desserte à crémaillère en bois de noyer. Style Renaissance.

34 — Table chauffante dite « Phébus », forme guéridon, en tôle, partie émaillée.

35 — Petit ratelier d'applique porte-cuillers, en bois sculpté.

36 — Ratelier pour assiettes en bois sculpté, dessin à feuillages.

37 — Table gigogne, décor pyrogravure à fleurs.

38 — Ameublement de chambre à coucher en bois d'acajou moucheté et satiné, garni de bronzes ciselés et dorés. Style Louis XVI; composé de : 1º Un grand lit de milieu offrant au fond une couronne de fleurs enrubannée, sur le devant un médaillon à guirlandes de roses et de marguerites suspendues par des nœuds de rubans, des encadrements à perlés et feuillages. Accompagné de sa literie; 2º Une grande armoire à trois portes, celle du milieu en ressaut garnie d'une glace biseautée. le fronton et les battants latéraux ornés de couronnes et de guirlandes de fleurs; 3º Une table de nuit ovale forme chiffonnière, dessus en marbre vert garni de bronzes.

39 — Deux chaises légères en bois de noyer sculpté, couvertes en satin crème broché à bouquets de fleurs. Style Louis XV.

40 — Petite table en bois de noyer, décor pyrogravure à fleurs.

41 — Grande armoire en noyer sculpté, garnie de trois glaces biseautées. Style rocaille, de Mercier.

42 — Psyché triptyque bois de noyer sculpté, garnie de glaces biseautées. Style rocaille, de Mercier.

43 — Chaise-longue recouverte en velours ciselé à dessins verts sur fond blanc.

44 — Deux fauteuils et quatre chaises bois de noyer sculpté, dessin à rocailles, couverts en même velours. Style Louis XV, de Mercier.

45 — Meuble à trois corps formant table de nuit au milieu et supports sur les côtés en noyer sculpté, forme Louis XV, dessus en marbre brèche, de Mercier.

46 — Table à ouvrage en noyer ciré.

47 — Table en pitchpin couverte en étoffe rose.

48 — Ameublement de chambre à coucher en noyer sculpté, dessin à rocailles, style Louis XV, composé d'un grand lit de milieu avec sa literie, une armoire à deux portes garnies de glaces biseautées et une table de nuit, de Mercier.

49 — Glace biseautée avec cadre à fronton en glace gravée.

50 — Chiffonnier en bois laqué blanc, tiroirs garnis de cretonne à fleurs.

51 — Petite table anglaise bois verdâtre, dessus en faïence.

52 — Bibliothèque-Cartonnier en bois sculpté, les cartons couverts d'étoffe blanche à fleurs.

53 — Grande armoire garde-robe à deux portes en bois laqué blanc.

54 — Toilette en pitchpin avec dessus en marbre blanc à réservoir d'eau et cuvette à renversement.

55 — Porte-manteaux et parapluies à fond de glaces en bois laqué blanc.

56 — Support en bois laqué blanc.

57 — Gueridon en fonte dorée avec dessus en marbre onyx.

58 — GLACE de toilette avec cadre recouvert de tulle.

59 — DEUX PETITES GLACES avec cadres bambou.

60 — BAIGNOIRE en fonte émaillée blanc.

61 — ARMOIRE placard à deux portes en bois laqué blanc.

62 — SALAMANDRE.

63 — TOILETTE en pitchpin avec dessus en marbre.

64 — DEUX TABLES en pitchpin.

65 — DEUX CHAISES basses à hauts dossiers en bois peint blanc.

TENTURES — COUSSINS

66 — Deux décors de fenêtres en lampas fond rose pékiné avec croisillons feuillages verts doublés de soie crême, franges et embrasses en passementerie, montés sur galeries de cuivre ciselé et doré. Style Louis XVI. De Linke. (Ces rideaux sont remployés de 5o centimètres de plus de longueur qu'ils ne paraissent).

67 — Grand coussin rectangulaire en satin crême brodé au passé à grandes fleurs et feuillages sur fond treillagé garni de franges et doublé de satin saumon ; de Riffard.

68 — Coussin carré en soie crême orné d'une couronne de fleurs enrubannée brodé à rubans, garni de franges, doublé de lampas blanc ; de Riffard.

69 — Coussin en satin blanc broché, à fleurs et velours vert.

70 — Coussin en point de Hongrie, dessin fleurdelisé, doublé de peluche verte et garni de passementerie.

71 — Coussin en soie épinglée vert d'eau avec broderie de soie jaune et mordorée, petits médaillons et rosaces, garni de franges.

72 — Decor de croisée de petit salon composé de deux rideaux en soie moirée jaune avec bandeau à godets, le tout garni de franges et passementeries assorties, galerie en bois sculpté dessinant une guirlande de roses.

73 — Deux décors de croisées de salle à manger composés de grands rideaux en velours de lin et soie verte garnis de galons et de franges, avec embrasses assorties et galeries dorées.

74 — Decor de croisée de boudoir en satin jaune broché de festons simulant la guipure garni de passementerie blanche et fleurs avec embrasses assorties.

75 — Decor de croisée composé de deux rideaux en satin rose broché blanc à festons et ramages fleuris, garni de franges pompons, avec embrasses assorties.

76 — Grand tapis de table en ancienne brocatelle de soie fond vert, dessin à grands ramages fleuris blancs et roses, bordé de franges assorties.

77 — Deux décors de croisées de chambre à coucher formés de quatre grands rideaux en satin crème broché à festons et bouquets de fleurs avec lambrequins ornés d'applications de velours vert pâle serti de cordonnet, garnis de franges pompons, avec embrasses assorties, galeries sculptées et dorées. Style XVIII⁰ siècle. Travail de Jansen.

78 — Grand lambrequin formant décoration de baie, semblable aux précédents. Avec galerie. Travail de Jansen.

79 — Lot de cordelières avec glands en passementerie analogue aux embrasses précédentes.

80 — Couvre-lit en satin maïs richement brodé d'argent et de soie, dessin à rinceaux fleuris et feuillagés avec pans, consoles et draperies, garni de franges et bordé d'une guipure sur deux côtés. Beau travail d'après Bérain.

81 — Grand bandeau en point de Hongrie offrant au centre un écusson surmonté d'un oiseau au milieu de grands rinceaux fleuris en broderie métallique et de soie. Style xviiᵉ siècle.

82 — Paire de rideaux en velours de lin vert, garnis de larges galons Cluny.

83 — Paire de rideaux en Andrinople avec bandes en toile brodée de fantaisie.

84 — Cantonnière en peluche rouge.

85 — Deux paires de grands rideaux en dentelle application avec motifs de Venise.

86 — Deux stores en toile avec guipure genre ancien, encadrés de filet.

87 — Store en linon et application avec volant.

88 — Store en linon et dentelle.

89 — Store en soie crème garni de guipure.

90 — Quatre brise-bise assortis.

91 — Sac a ouvrage en satin crème brodé de fleurs au chenillé et au passé.

92 — Sac en soie verte orné de broderie à paillettes d'argent.

TAPIS

93 — Grand tapis de Smyrne fond rouge, à dessin polychrome.

94 — Grand tapis d'Orient fond rouge, à médaillon central et bordure à dessins verts.

95 — Grand tapis d'Orient fond rose, médaillon fond blanc et bordure multiple à dessins polychromes.

96 — Grand tapis d'Orient fond rose, à motifs variés polychromes.

97 -- Petite carpette d'Orient haute laine, fond rose, contrefond et bordure bleu pâle.

98-99 — Deux tapis de Perse fond gros bleu et fond crème, à dessins polychrome.

100-101 — Trois tapis en haute laine, genre oriental fond clair, bordures roses à dessins polychromes.

102 — Tapis d'antichambre fond rouge, dessin ton sur ton.

ARGENTERIE. OBJETS DE VITRINE

103 — SERVICE DE TABLE en argent ciselé, décor à rocailles, style Louis XV, de CHAPUS, composé de douze couverts à entremets, douze fourchettes à huîtres, douze grands couteaux, douze couteaux à dessert à lames d'argent, une louche, une pince à sucre, une cuiller à fraises, un service à salade, un service à découper, un autre à poisson et quatre pièces à hors-d'œuvre. (Pourra être divisé).

104 — DOUZE COUVERTS en argent ciselé, décor à coquilles et ornements. Style Louis XIV.

105 — DEUX COUVERTS en argent ciselé et guilloché, de modèles différents.

106 — DEUX BROSSES américaines, montures argent.

107 — DEUX AIGUIÈRES, montures en vermeil, décor à guirlandes de feuillage.

108 — SERVICE à Porto en argent ciselé, composé d'un grand plateau forme à contours, décor à rocailles, six verres et deux aiguières en cristal gravé, montés en argent, décor à rocailles, de TALLOIS et MAYENCE.

109 — GRANDE SOUPIÈRE ovale à contours en argent ciselé, décor à rocailles, anses et pieds aux dauphins, le couvercle couronné par une coquille. Style Louis XV, de TALLOIS et MAYENCE.

110 — Légumier avec couvercle et double fond en argent ciselé, décor feuilles de choux, rocailles, coquilles et palmes enroulées, pouvant servir pour le service des fruits rafraîchis. Style Louis XV. De Tallois et Mayence.

111 — Plat à foie gras en argent ciselé, décor feuilles de choux, rocailles fleuronnées, coquilles et palmes enroulées. Style Louis XV, de Tallois et Mayence.

112 — Grand plat rond en argent, bords à contours, décor à coquilles et palmes enroulées.

113 — Plat long, même modèle, en argent ciselé.

114 — Saucière sur plateau adhérent, en argent ciselé, même modèle.

115 — Service à thé et à café en argent ciselé, décor écussons, rocailles, coquilles et palmes, composé d'une cafetière, une théière, un pot à crème et un sucrier. Style Louis XV, de Tallois et Mayence.

116 — Coquille à bonbons en argent et vermeil ciselé, posant sur trois pieds rocailles.

117 — Deux salières avec petites pelles en argent, décor à rocailles, oiseaux et branchages. Style Louis XV.

118 — Tasse et soucoupe en argent, modèle à côtes tournantes.

119 — Corbeille à pain en argent treillagé à jour et feuillages, anses plates à rocailles Louis XV.

120 — Petite bouillotte en argent, décor côtelé et feuilles de choux.

121 — Porte-fleurs en verre de Galay, de Nancy, monté en vermeil.

122 — Corbeille à gâteaux en vieux Japon, décor bleu à personnages, anse en argent gravé.

123 — Saladier en cristal taillé et côtelé, monture en argent.

124 — Verre à thé russe, monture en argent gravé représentant une troïka.

125 — Verre à vin fin, monture en argent, dessin vannerie, travail russe.

126 — Flacon à thé en cristal côtelé, monture argent.

127 — Porte-cigarettes en cristal taillé à pointes de diamants, monture argent.

128 — Passe-thé en argent.

129 — Panier à biscuits en cristal gravé, monture en argent repoussé à rocailles.

130 — Flacon à thé en cristal taillé.

131 — Rond de serviette en argent guilloché.

132 — Trois bouchons garnis d'argent, travail hollandais,

133 — Six petites cuillers en argent gravé et six autres plus petites.

134 — Six porte-couteaux en argent. Style rocaille.

135 — Poivrière forme œuf en argent.

136 — Deux gobelets de fiançailles en argent repoussé, décor à fruits et draperies avec armoiries gravées aux extrémités. Style Louis XIII.

137 — Gobelet forme ananas en argent repoussé et doré. Style Louis XIII.

138 — Panier en filigrane d'argent. Premier Empire.

139 — Petite coupe en argent repoussé, décorée de cygnes. de coquilles et de têtes de béliers. Premier Empire.

140 — Petite coupe forme rocaille en argent ciselé portée par trois enfants. Style Louis XV.

141 — Petite cassolette forme chapelle en argent.

142 — Petite théière forme coquillage en argent repoussé, décor bouquets de fleurs.

143 — Petit coffret en filigrane d'argent.

144 — Paire de grandes boucles d'oreilles en argent.

145 — Hochet en argent forme sirène avec chaînette et grelots. Époque Louis XIII.

146 — Chaine avec pendentif à pampilles et médailles en argent. Travail ancien suédois.

147 — Chaine avec pendentif en argent doré orné de perles. Epoque Louis XIII. Travail russe.

148 — Grande plaque de ceinture en argent filigrané. Travail ancien d'Orient.

149 — COLLIER russe en argent à chaînons enlacés avec pendentif à pampilles.

150 — DEUX CUILLERS en argent avec manches a moulins et à armoiries Louis XIII.

151 — TROIS SALIÈRES en argent, modèles différents. xviiie siècle.

152 — COUPE à deux anses en verre craquelé et incrusté d'argent gravé, décor paysage et cigognes avec monture en argent ciselé à guirlandes de fleurs, de Daum, à Nancy.

153 — THÉIÈRE en argent martelé, forme chou. Travail japonais.

154 — COQUETIER en argent repoussé, décor à ornements. Style Louis XIII.

155 — SIX PETITES COUPES à liqueurs en argent martelé et ciselé au chiffre A H avec couronne de marquis et inscription sur le bord : Dieu protège la France.

156 — QUATRE PETITES COUPES à anses quadrilobées en argent gravé. Style Louis XIV.

157 — DEUX PETITS VERRES en argent repoussé, modèles différents. Louis XIV.

158 — QUATRE PETITES TASSES en argent, forme Premier Empire.

159 — CUILLER à fraises en argent, décor à mascarons, oiseaux et rocailles.

160 — PLAQUE DE CEINTURE en argent ornée de pierreries.

161 — VERRE à liqueur, monture argent martelé, à grappe de raisins.

162 — PORTE-CARTES en argent repoussé, décor à figures de [Chinois dans des paysages. Travail ancien.

163 — PAIRE DE BOUCLES D'OREILLES en filigrane d'or.

164 — CACHET en cornaline blanche armoriée, monture or.

165 — DEUX PETITES CROIX russes en argent.

166 — BROCHE et plaque de ceinture dorée et émaillée rouge. Travail chinois.

167 — DEVANT DE COU en corail et argent émaillé. Travail indien.

168 — BAISER DE PAIX gréco-russe représentant la Vierge et l'Enfant.

169 — DEUX PETITES COUPES à anses et un œuf de Pâques en bronze doré et émaillé. Travail russe.

170 — PETITE BONBONNIÈRE en émail cloisonné, décor à fleurs et oiseaux.

171 — COUPE en verre de Venise portée par un dauphin.

172 — COUPE en verre de Venise opalin.

173 — ŒUF d'autruche gravé.

174 — PETIT BRULE-PARFUMS en bois sculpté.

175 — COFFRET et plateau en laque, décor à personnages.

176 — Deux eventails peints sur soie en grisaille et en couleurs : Amours et papillons, et la Sérénade.

177 — Petite pendule mignonnette en émail cloisonné bleu-turquoise oiseaux et paysages, pieds en bronze.

178 — Petite théière en émail cloisonné du Japon, fond rouge et fond noir à fleurs.

179 — Petite coupe et plateau en cristal gravé, décor à fleurs et feuillages.

180 — Tasse et soucoupe en cristal gravé et doré, décor à fleurs.

181 — Coffret en bois de santal sculpté et incrusté. Travail indien.

182 — Email peint : Portrait de femme, d'après De Mandre. Cadre en bronze ciselé et doré à écoinçons d'émail bleu.

183 — Petite coupe en marbre rouge antique portée par trois cariatides d'enfants en bronze argenté.

184 — Lampe de fumeur, casse-noix et ciseaux à raisin en métal argenté.

SCULPTURES

185 — Christ en ivoire, travail ancien, monté sur fond de velours avec cadre en bois sculpté et parties dorées.

186 — Statuette en marbre représentant Auguste César debout.

187 — Buste en marbre forme reliquaire représentant Laura, de Pétrarque, parties polychromées dans le goût du xvᵉ siècle.

188 — Buste en marbre blanc et polychrome représentant Sapho.

189 — Statuette en ivoire et bronze ciselé et doré représentant la Paix armée, par Jules Coutan, de la maison Thiébaut frères.

190 — Deux statuettes terre cuite genre Tanagra : Vestale à l'amphore et Vénus drapée.

190 bis — Buste du petit rieur en terre cuite teinte bronze vert, d'après Donatello, sur socle en peluche rouge

191 — Statuette en composition : La Petite marquise, de Van der Straeten ; de la maison Blot.

BRONZES D'ART ET D'AMEUBLEMENT

CUIVRES, FERRONNERIE

192 — LUSTRE en bronze ciselé et doré à neuf lumières, branches d'iris se détachant d'une boule en bronze à patine marron. Style Louis XV; de GAGNEAU.

193 — GRAND GROUPE en bronze patine dorée : Valet de chasse et sa harde, de P.-J. MÈNE, édition de SUSSE frères.

194 — JARDINIÈRE en marbre onyx d'Algérie avec monture forme trépied à guirlandes et mascarons en bronze doré.

195 — PAIRE de grands candélabres à figures d'enfants en bronze patine verte, tenant des bouquets à sept lumières en bronze doré, style rocaille.

196 — DEVANT DE FEU en bronze doré, modèle à rocailles feuillagées, avec pelle et pincettes.

197 — LAMPE colonnette en marbre rosé, monture en bronze, parties polies avec abat-jour en tulle brodé à paillettes enguirlandé de fleurs, de ROYER.

198 — JARDINIÈRE en bronze argenté offrant en haut-relief la Reine des mers, par RUFFIER. Edition de PINEDO.

199 — VASE en bronze patine verte, offrant en haut-relief des jeux d'enfants et les grenouilles, de JULES CHÉRET. SOLEAU, éditeur.

200 — BUSTE en bronze : La Petite marquise, de BRUYNEL.

201 — CANDÉLABRE à bouillotte à trois branches en bronze doré en forme de corbeille fleurie sur pied en marbre blanc garni de guirlandes de fleurs. Style Louis XVI. Pour l'électricité.

202 — STATUETTE équestre : Cavalier arabe, de FRÉMIET, sur socle en marbre rouge antique.

203 — PETIT LUSTRE à l'électricité représentant l'Amour vainqueur dans une guirlande de roses sous un soleil, bronze patiné et doré, de GAGNEAU.

204 — PAIRE de candélabres à six lumières forme vases, à rocailles enguirlandées de fleurs en bronze ciselé et doré. Style Louis XV.

205 — DEUX APPLIQUES à une lumière électrique en bronze doré, style rocaille.

206 — LUSTRE forme corbeille d'iris en bronze doré, garni de marguerites et de pervenches émaillées sur argent, à dix lumières disposées pour l'électricité. Travail de SOLEAU.

207 — APPLIQUE à deux lumières électriques forme bouquet de fleurs enrubannées en bronze doré.

208 — PETIT PLAFONNIER en cristal taillé, monture en bronze, style Louis XV, pour l'électricité.

209 — DEUX VASES en bronze gravé, patine foncée et frottée d'or, dessin style Ier Empire.

210 — Assiette en étain gravé.

211 — Coupe forme feuille d'eau et libellule en étain, de Joseph Chéret.

212 — Dix porte-embrasses en bronze, styles Louis XV et Louis XVI.

213 — Pendule sur console d'applique en bois et fer à double cadran, marquant les heures, les mois et les évolutions de la terre. Style Louis XIII.

214 — Vase en grès, monté en étain.

215 — Deux boites à biscuit rondes et rectangulaires. avec plateaux en tôle laquée noire, décor à fleurs argentées et dorées. Travail ancien hollandais.

216 — Lampe argentée, décor à mascarons, rocailles et figures d'enfants, socle en marbre rouge, de Blot, avec abat-jour plissé en soie peinte à guirlandes de fleurs.

217 — Paire de flambeaux bronze ciselé et doré, décor à cannelures et feuillage. Ier Empire.

218 — Paire de vases en marbre vert, montures en bronze à mascarons et guirlandes de fleurs. Style Louis XVI.

219 — Coupe ronde en bronze, fond émaillé bleu, décor oiseaux et plantes.

220 — Coffre à bijoux en fer, de Fichet, avec compartiments à l'intérieur. gainés de velours rouge.

221 — Plateau en émail cloisonné, décor chimères et oiseaux de paradis en couleurs sur fond bleu turquoise.

222 — Deux candélabres en porcelaine de Chine, décor bleu, montés en bronze avec bouquets de fleurs à six lumières.

223 — Seau en étain, décor à armoiries et ornements. Style Louis XIV.

224 — Lampe en cuivre poli avec abat-jour cerclé de cuivre, modèle art nouveau.

225 — Flambeau presse-papier en composition, forme sphinx, sur plinthe en marbre-onyx.

PORCELAINES. FAIENCES

226 — Statuette en biscuit de Sèvres : La Vierge au Rosaire...

227-228 — Deux vaches en faïence de Delft, décor polychrome et doré.

229 — Service solitaire, composé de cinq pièces genre de Saxe, décor bouquets de fleurs et rocailles.

230 — Sucrier en porcelaine genre de Sèvres, décor quadrillé de roses et médaillon à oiseaux.

231 — Six tasses avec soucoupes, de Le Rosey, décor à guirlandes de roses et fleurs détachées.

232 — Dix tasses avec soucoupes de Limoges, forme choux, en camaïeu rouge.

233 — Deux petites tasses avec soucoupes du Japon, pâte fine à personnages et fleurs.

234 — Cinq assiettes en ancienne porcelaine de Chine, décor à fleurs et balustrade.

235 — Plat en verre émaillé et doré de Hongrie, décor style byzantin.

236 — Plat en faïence de Delft moderne, décor en camaïeu bleu; vue de Hollande.

237 — GRAND PLAT en vieux Japon, décor paysage, canard et fleurs.

238 — PORTE-BOUQUET en verre gravé et doré Louis XVI.

239 — ENCRIER en cristal gravé, monture dorée. Style Louis XV.

240 — CORNET en cristal taillé et doré.

241 — VASE en porcelaine blanche avec anse à figures de femmes; d'HAVILAND, à Limoges.

242 — DEUX TASSES avec soucoupes et pot à crème, décor pompéïen de Merlino, de Naples.

243 — COUPE de Chine, décor dragon dans les nuages en bleu et or.

244 — COUPE genre de l'Inde, décor à fleurs truité et carrelages en polychrome.

245 — AIGUIÈRE en terre émaillée brune, décor fleurs, d'Amérique.

246 — QUATRE ASSIETTES, décor à fleurs.

247 — SIX ASSIETTES, décor à chrysanthèmes et rinceaux.

248 — AIGUIÈRE et plat en faïence italienne, décor raphaëlesque.

249 — PETIT PLAT en faïence italienne, fond bleu, médaillon à buste de personnage, chevaux ailés et rinceaux. Encadré.

250 — DEUX BOUCHONS avec fleurs en porcelaine anglaise.

251 — VASE en faïence du Golfe Juan, fond jaune, décor d'or aux chardons.

252 — Corbeille forme éventail sur plateau adhérent, tout en glaces.

253 — Deux petites tasses avec soucoupes en vieux Chine, famille rose, décor coqs et fleurs.

254 — Cinq tasses et soucoupes de Saxe quadrilobées, décor médaillons marines et scènes militaires, fond rouge et fond bleu.

255 — Deux bols vieux Chine, décor à personnages et fleurs.

256 — Coupe en vieux Japon, décor à fleurs en bleu, anses en argent.

257 — Figurine en porcelaine de Saxe moderne : Femme à la dentelle.

258 — Deux assiettes en porcelaine, décor grisaille, nymphes et amours, cadres bois doré.

259 — Service de table en porcelaine blanche, bordure à jetées de roses et jaspée d'or.

260 — Service de table en cristal gravé à fleurs.

261 — Service de table en faïence, décor à fleurs.

262 — Six rinces-bouches en verre rosé et doré.

263 — Deux petites tasses avec soucoupes et présentoirs, pâte fine, décor bleu sur blanc.

OBJETS DIVERS

264 — Petit écran en bois sculpté et laqué, décoré d'une gerbe de fleurs en ivoire teinté et très finement sculpté.

265 — Boite rectangulaire en bois de fer, décorée d'incrustations de burgau, dessin à personnages, fleurs et papillons. Travail du Tonkin.

266 — Grand plateau en laque, dessin argentifère.

267 — Petite boite en laque noire et burgautée, décor paysage chinois.

268 — Email peint représentant la Résurrection, signé M. M.. Cadre en bois sculpté et doré.

269 — Veilleuse suspendue à une potence en fer ornée de fleurs.

270 — Boite a jeu en marqueterie de bois de Nice avec marques et jetons.

271 — Coupe sur piédouche en onyx d'Algérie verdâtre.

272 — Guitare, de Pascal Vinaccia. .

273 — Mandoline incrustée de nacre.

TABLEAUX, PASTELS, GRAVURES

274 — DE CHATELEUX (Roger). Vue de Venise.
Aquarelle.

275 — DE CHATELEUX (Roger). La cruche cassée, d'après Greuze.
Cadre ancien.

276 — DE CHATELEUX (Roger). La femme aux vagues, d'après Leigthon.

277 — DE CHATELEUX (Roger). Paysage japonais. Effet d'hiver.
Gravure.

278 — DANTY. Religieuse en prière dans des ruines d'abbaye.

279 — DELORT. La place Louis XV.
Fac-simile.

280 — MEISSONIER (D'après). Le polichinelle à la rose.
Gravure.

281 — REMBRANDT (D'après). La ronde de nuit.
Gravure.

282 — SYDNEY MUSCHAMP (D'après). Home sweet home.
Gravure.

283 — ÉCOLE ITALIENNE. Adoration de l'Enfant Jésus par saint Jean.

Peinture sur cuivre.

284 — ÉCOLE ITALIENNE. Portrait de sainte, les yeux baissés, avec joyaux au corsage.

285 — ÉCOLE ITALIENNE. Tête de Vierge.

286 — Objets omis.

RED. :

23

379.89.70
graphicom

MIRE ISO N° 1
NF Z 43-007
AFNOR
Cedex 7 - 92080 PARIS-LA-DÉFENSE

0 1 2 3 4 5 6 7 8 9 10

BIBLIOTHEQUE NATIONALE DE FRANCE

****

CHATEAU DE SABLE

1996

www.ingramcontent.com/pod-product-compliance
Lightning Source LLC
LaVergne TN
LVHW010438060726
842527LV00005B/1570